風を抱く

米田憲三歌集

青磁社

風を抱く＊目次

第Ⅰ章

米田憲三歌集

風を抱《いだ》く

第Ⅰ章

きさらぎふぶき

平成二十四年

割られたる白菜の芯萌え盛り上がるひかり乏しき寒の厨に

太郎月に続くきさらぎ雪消月とは名ばかりに今日まだ吹雪く

追いいるか追われているのか息切らし唯駈けている夢の覚め際

雪天を切り取りて捨つる河なきや如月半ばを雪に雪積む

幾たびも消しては積もる雪の嵩追儺過ぎしに春また遠退く

雪被る庭木の小枝のそこのみが揺れいて不意に尾長か翔てり

ゼブラゾーン渡りきるまで見送りてきみへ手を振る他人のように

掌に触れて零れ落ちたるきみが髪カールして淡し銀線のごと

暴風雨

春の嵐予測違わず吹き荒れて雨滴忙しく網戸を叩く

一夜荒れて過ぎたる〈爆弾低気圧〉死者三、重軽傷者一八〇

地震警報流るるなかを揺れおらむ高層ビルに棲む吾娘とその夫

受験子

降る雪を限りもあらず呑みながら海面春めく幽かなる音

選り残され冬越えしものは荒みたり雪消の畝の白菜もまた

夜を徹し灯して難問解きおらむ子のこと母のこと思い眠れず

禁句いくつ意識しつつも言いてのち互みに責めて今日も過ぎたり

サクラサクの電報の時代は過ぎたるをさびしみ夕べ菜花食みおり

春彼岸の線香くゆらせ親子らと受験子の首尾を御祖に告げおり

雨季の鬱払いて今朝もひらき継ぐ沙羅の小花に風あり　微か

四辻利弘氏逝く

六月十五日、膵臓癌のため、享年七十六

病魔と闘い抜き惜しまれて逝く君へ賛歌とも夏の雨止まず降る

君を惜しむ声充ちている葬場に病魔を憎む弔辞をわが読む

自らの死後までも君は詠みいたり葬儀で妻の数珠の解け落つと

立秋驟雨

胆嚢炎にて緊急入院す

追悼記ひとつ書き終え寛ぎているにいきなり激痛襲う

呻吟しつつ夜明けをひたに待つあいだ新聞入るる音牛乳配る音

＊

飲まず食わず三日を経たり囚われて臥しおり檻のようなるベッドに

焦熱地獄のような真昼間萎えおらむ朝顔の棚思いつつ病む

静まりし夜更け病廊を曳きてゆく点滴台ときにきゅるきゅる軋む

点滴を受けつつ白きベッドにて見ているは弾丸ウサイン・ボルト

飲まず食わず採らるるばかり今朝もまた若き看護師血を盗りに来る

ＭＲＩに腹部撮るとて宇宙への旅立つかたちに括られ瞼《め》を閉ず

断食六日ふらふらとして立ち上がるサンチョのように点滴台連れ

全身麻酔より覚めうつつに見上げいる天与のごとき久々の雨

意識消えしのちの時間の長短を知らずおりしと覚めて気づけり

手紙、新聞、歌誌またファクスを運びきて炎暑怯まず妻は帰りゆく

驟雨過ぎて後の暫しを顕てる虹　外科病棟5階北窓を占む

二上山《ふたがみ》を闇に幾たび浮き立たす稲妻　術後をい寝られずにおり

＊

まなこ冴え眠れぬときを夜這い星流れひとりの闇を深くす

花抱え見舞いに来たる四人連れひととき病室和らげて去る

五階病室の大窓占めてふるさとの牛嶽・八乙女《やおとめ》山離れて医王山《ようぜん》

宇奈月延対寺荘にて

いつ来ても落ち葉に埋もるることもなく掃き清めあり柊二、英子碑

泡立ちて流るる黒部の渓深くときおり岩か転がる音す

雪深き湯宿に新年迎えしを慶びて詠みたり鉄幹、晶子

スキーのこと雪滑り木と詠み遺す晶子が訪いしは雪の宇奈月

延対寺荘の女将語れり鉄幹が愛でし火桶も蔵に眠ると

昭和六年元旦ここに迎えたる晶子も初日《はつひ》に喩えし火桶

谿にして吹雪けるを湯に浸りつつ眺めたりしか鉄幹もまた

あかときを露天の湯ふかく浸りいて見たり対岸を伝いゆく猿

同人歌誌「アカンサス」

学生のグループ短歌誌「アカンサス」多くはその後の消息知れず

創刊は山本利弘自らがガリ切り仲間と刷りあげし歌誌

新聞の新刊評にも取り上げられ熱帯びて三号雑誌とならず

若き日の無謀が産みし同人誌「樹氷」創刊号のみにて終わる

飛驒古川

平成二十五年

真宗寺を出でて歩めば宮川のヤナ場といえるが遠く霞める

本光寺山門かたえに女工哀史「あゝ野麦峠」の文学碑立つ

信州のオカヤへ向かう乙女らか共に風呂敷包み袈裟懸けに負う

飛騨・越中のおしんといわむ　乙女らが信州へ雪の峠越えしと

吹雪の中いかに越えけむ美女峠、　野麦峠と互みに連なり

いとけなき娘らこの宿に残しゆく親のこころを断つ雪の川

生掛けの和蠟燭の手仕事も匠のひとつと見ていて飽かず

緩やかに暮春を流るる瀬戸川の水面が浮かす土蔵白壁

泳ぎつきまた戻りゆく一日か　晩春千匹瀬戸川の鯉

やまぐにの祝いの膳や朴の葉に盛られてひとつ鮎の甘露煮

梅雨のなか

庇やや斜めに被れる帽子よりはみ出して気ままなれ髪もこころも

「ママ、曲がったままのびてるよ」母と子へつんつんアスパラ五月のひかり

梅雨上がる兆しか暑き日差しなか苦瓜小さき実を付けており

テレビが映す遠き戦火をもみ消して打ち上げ花火闇を震わす

Suica 一枚に金継ぎ足して東京の初夏一日を漂うごとくいる

朝顔のグリーンカーテン今年また育てており小花華やかならず

炎昼を電柱にきて止まりたる鷲か獲物を屠りて去れり

音もなく明るさに降るきょうの雨晩夏の渇きを癒して降れり

旅川氾濫

濁流が橋を呑まむとするさまを幾度も報ず真昼のテレビは

濁流の橋呑み込むを恐怖もて観ており幼時の記憶に重ね

杳い記憶の中に怖れと共にある小矢部川そして旅川氾濫

泥に埋まる穂一穂ずつ起こしいし父母の顕つ水漬く稲田に

川沿いの低き田圃を卑しみて下田《しただん》などと村人言いしか

苦瓜讃歌

飾り窓に夏の衣装を脱がさるるマヌカンの瞳にある虚ろな地平

とおき地平を見ているポーズ　マヌカンは夏の衣装を刹那剝がされ

健康に佳しといえども苦々し酷暑を苦瓜汗たりて食む

苦みこそ夏越に佳しと説きくれし君亡し酷暑の苦瓜を食む

夏逝かぬ野を幾たびも襲いたるゲリラ雨にゴーヤ競いて太る

『高野聖』の舞台、天生峠

崖っぷち九十九折りの坂登りきて救いのように滝あり滾つ

修行僧の宗朝が禊をせし滝かと飛沫に暫しを洗われており

滝つ瀬にいま垢離《こり》掻ける宗朝に添うように顕つ艶なる女人

白昼夢ならむか宗朝が見しものは岩陰に女人が裸身洗うを

山住の凄艶な女人にまつわれる獣らがみする猥らなる媚び

幽谷の一つ家の美女の虜となりて馬にされたる高志の商人《あきんど》

『高野聖』の僧汗あえて辿りたる径かと天生への峠道ゆく

鏡花描く極彩色の夢幻譚　猥らな情念を拭えど拭えず

飛騨越中街道

黄葉せしブナ原生林に迷い入り森閑として鳥の声なし

炎だつヌルデの林に分け入りて径見失うなと息急きてゆく

すでに葉を落とし尽くししトチの樹の老残のさまに似てか黒かり

谿向かいの高嶺に紅葉のとき過ぎて雪無残なり立冬きょうは

黄に染まる落葉松林を貫ける越中街道をゆく誰にも遇わず

銃後の少年

戦時中なれば次々に師は征きて中卒十代の教師赴任す

ピアノ弾かぬ音楽の授業は蛮声を張りあげ軍歌の斉唱ばかり

反抗期のゆえか教師に憎まれし小五のわれはその師侮る

板書のミスに気づき笑いしことなども本気で怒りぬ若き教師は

小五の頭を撲ちて砕けしT定規二階の窓ゆ堕ちてゆきたり

廊下に立たされT定規にて撲たれしも小五の勲章として忘れ得ず

手の指の歪むまで殴りて立たされしこと口惜しかり母にも告げず

吾を撲ちし教師は職を退きしとう戦後闇市その後は知らず

冬の銀河

平成二十六年

星ひとつ流れしといふわが追えど天涯淡々として鎮まる銀河

灯りなき夢幻の雪野を迷わせて卍巴に襲いかかる雪

天漢に釣り糸を垂れ倦まざりし少年の夢　邯鄲の夢

長子逝かせ一気に老けし妹の髪白く姿も小さくなれる

誰が母神零しし乳か流れゆくその果て知れず冬の銀河の

萌える

誕生日もう来なくていい　セールスがカードに花種付けて来たれる

少年の日に将たりしが杖をつき吾を知らぬげに避けて過ぎたり

ゴンドラに乗り窓磨くは教え子か仰ぎ見てまぶし春の陽反す

営農の苦悩をさらりと他人事のように洩らせり青年きみが

荒れいるは春何番か　造成地に日がな一日井戸を掘る音

なんじゃもんじゃ

尾張より加賀に移植して四半世紀ナンジャモンジャの花いま盛ると

ナンジャモンジャと異名をもてるヒトツバタゴいましらしらと天に咲き満つ

ナンジャモンジャの秀つ枝を神が渉るとき幣のようなる花片こぼす

憧れて訪い来しナンジャモンジャゆえ見惚けおり一刻一時やがて半日

今朝の風に雪降るごとく散らしおらむナンジャモンジャの千万の花

薩洲への旅から

平成二十七年

空港を出でてしばらくは菜の花の黄に溺れつつ街道をゆく

斉彬公が愛せし庭園の築山桜島　寛《ゆた》にたゆたに煙吐く島

仙巌園の茶店に憩い名物の両棒《じゃんぼ》を食う二本の串を差す餅

薩摩武士の大小を差すに似ていると藩主も好みし餅の両棒

黒煙を倦むこともなく噴き上げているは桜島昭和火口か

火山灰の中に混じりて降りたるか軽石あまたの転がるを踏む

昭和火口より噴き上げて広がれる噴煙は昏くす日蝕のごと

防災警報の鳴りて消えたり農婦らは畑仕事の手を休めることなく

桜島の猛き噴煙を背にして芙美子の碑建つ「花のいのち」の

這うように拡がりやまぬ噴煙のやがて芙美子の碑を昏くする

悠々と噴煙を吐きて動ぜざる桜島《さくらじま》岳錦江湾に雄姿を映す

鬱屈せしもの噴き上げて炎立つ桜島を見き夕つ陽を浴び

戸出御旅屋門ほか

城塞のごとき御旅屋の門ひとつ遺れり四百年の風雪に耐え

御旅屋跡に遺れる巨木高野槙　蒼空かくすまでに繁茂す

天狗棲むとの伝えに仰ぐ高野槙　二分けに伸び天覆いたり

鷹狩りに興ずると来て憩いたる藩主が喫せしその御膳水

蜂起せる農民騒動のなまなまし永安寺本堂の柱の傷あと

康工《こうこう》の句も含めるかおぼろなる戸出野神社の古奉納額

小作権のため蜂起せし農民の騒動を語る永安寺柱の傷

釣りと少年

テスト終えし少年ひとりが投げつづく釣り糸怯まず弛まずに伸ぶ

突堤がにわか騒立つ寡黙なる少年が釣り上げし一尾の鰈に

反転して抗う獲物を押さえ込む少年の耳いちずに火照る

鰙は佳し梭子魚《かます》なお良し釣り糸を共に投げている少年の母

海の面にすがた見せじと引き込めば竿撓る小癪なチヌ鯛ひとつ

防鳥ネットの隙を巧みに狙えるかプチトマト二つ食いちぎらるる

低き車庫の屋根より狙いをつけていし憎き鳥の智恵低からず

君が恋うるまぼろしの花ジャカランダ眼裏にむらさき溢れて咲かす

ナンジャモンジャの花白きことジャカランダの溢るる紫恋いいて逢わず

氷筍いくつ

平成二十八年

軒に連なり下がる氷柱《つらら》を丑三つの老杉漏れくる月光が研ぐ

暁闇の銀河はるかに懸かりたる冬のトライアングル凍れるひびき

闇なかの幽かなひかりを集めつつ隧道が育てし氷筍いくつ

冬休み終え札幌へ帰る子が食みおり歯ごたえの良きかぶら寿し

空港まで見送りたきを抑えいる母に振り向かず帰省子は発つ

葉牡丹の雪

セシウムの惨思わせて縮れたる雪被る葉牡丹の芯のむらさき

他人にばかり急かされ過ごしきし輩かワンタッチ一瞬開かざる傘

飼い慣らされていく不気味さにひっそりと小五の三人スマホを囲む

雪深き分教場に赴任せし吾のため手袋編みくれし妹

布勢の水海

師の史と巡りし布勢の水海《みずうみ》跡おぼろなり田子の大藤も老ゆ

師を再び田子へと誘いて叶わざり花盛りなる藤のむらさき

つまま大樹、老杉執念く巻き上る藤の花期師に見せたきものを

御影社への石段高く登りつつ見はるかす刈田は布勢の水海

「うづくまるばかり」と文明詠みし旧祠　御影社に並び遺るもゆかし

＊文明…土屋文明

十二町潟から臼ヶ峰へ

仏生寺川ややに太りて流れおり古き世の広き布勢水海の跡

枯れて立つ葦群渡りくる風のすでに初冬の冷えあり耳朶過ぐ

阿尾城址目差してバスは迂回して比美之江大橋潜るごと渡る

日本海荒れているらし泡立てる白き波見ゆ之乎路《しおじ》を行くに

幾人の供引き連れて家持が越えし峠か気多大社への道

越の二上山

鳥の目が捉えしように射水河の蛇行を詠みしは若き家持

言祝ぎて守家持も仰ぎしか雪に鎮まる越の二上山《ふたがみ》

女男二神祀られて幾代経たらむか二上山女の峰平らになれり

囲炉裏辺に吊られて煤にまみれしも勝栗と聞く初午の日を

家持がまた文明も越えたるか越の之乎路の氷雨なかゆく

内山邸観梅即詠歌会

劔岳に並べる雄山白銀に映えおり内山邸梅園のうえ

斑雪《はだれゆき》踏む思いにて歩みおり散り敷ける梅の花の園生を

梅の花散らして過ぐる風生れて雨かと紛う音さらいゆく

復元なりし柳原文庫の槻の香か梅の香にまじりて風にのりくる

梅園を愛できてさらに鮮しも柳原文庫に槻の香、古書の香

アカンサス咲く

アカンサスの花穂庭隈に抽ん出て天下を睥睨するごと咲けり

歌仲間きみが賜びたるアカンサス二度目の冬越え太く芽吹きて

葉隠れに荒らげる花芽見つけしは卯月尽日初めてひとつ

未だ見ぬ花にギリシアを想わせて花芽立ち上げているアカンサス

赤紫の萼と棘もつ苞に堅く護られ咲き上るギリシアの国花

津川洋三先生を悼む

津川先生逝かれしと告げて途切れたる声に驚きことば続かず

いま思えば身辺整理されいしか「アカンサス」古びしが送られて来ぬ

同人歌誌「アカンサス」三冊見つけしと書き添え届きしは何年か前

五号にて途絶えしわれらの若き日の歌誌「アカンサス」孔版刷りの

酷暑兆せる

風景を船を遙かに溶かしつつ蜃気楼《かいやぐら》淡く顕つ　春きざす海

子の高校入学式にと晴れやかに告げ来し吾娘のいつか母さぶ

今年また数を増やして沙羅の花梅雨空の鬱払いて咲けり

休日早朝乗る客もなき電車なり鉄橋渡るときに高響る

子規庵の糸瓜の種子

君が贈りくれし根岸子規庵の糸瓜の種なり疎かならず

かの正岡子規が愛せし糸瓜よと心を込めて蒔き床つくる

病床にて糸瓜を見やる大人《うし》の顕つ子規庵の種子の一粒芽吹き

芽吹くことなきよと諦めていし二粒一週遅れて確と芽吹けり

糸瓜の水採るか否かと迷いおり痰切る要も化粧の用もなく

林泉の月

月光の明るきゆえに狂いしか林泉の繁みに蟬鳴きて止む

屋敷林に囲まれて幽けき庭の池　月出でたれば牛蛙のこえ

芋の葉の露あかときを燦めけり星のひかりの雫あつめて

天変地異の兆しかと怖れし祖もあらむ巨き暁のくれないの月

青田なかのカルガモ親子の遊びいしあたりか乾きてオモダカの花

霜月十日

紙つぶてのあまたは拭われ身綺麗に立ちます瑞龍寺山門仁王

梅雨上がる気配か川土手明るみて合歓はネムの露をこぼせり

ローカル線暑中休暇を空っぽの二輌窓閉じ涼しげに過ぐ

立秋を過ぎて幾日水涸れて踏まれつつ路上に曲がれるホース

シルバーマーク付けぬを矜持としていしも遂に折れたり霜月十日

逃げよ、その騎馬

国旗掲げ粛しゅく四人歩みくる中に晴生《はるき》の日頃見せぬ顔

突風が奪いし日傘たおやかに裏返りつつグラウンドを這う

躓きてならぬならぬと引かれ駆く借り物レースに傘寿借りられ

逃げ惑う一騎に乗れるはわがおさな躱《かわ》せかわせと叫びて恥じず

壇上に立ちて千余の行進を閲せし日あり誰も覚えず

柳原草堂時雨

内山邸庭の月見台襲えるは時雨か強く打ちて過ぎたり

時雨過ぎてゆきたる庭の水引草　蜻蛉ひとつ濡れて縋れり

丈高き鶏頭の穂に縋りいる空蟬ひとつに通り雨過ぐ

時雨再び過ぎて柳原草堂の三入庵明るし　石蕗の花

梅園の片隅に咲く紫陽花の残り花　霜月　見向かれもせず

師走の風

黄落の銀杏並木に透きて聳つ劒岳今朝も偉容崩さず

風に促され落ち葉転がり駆け出せりマラソン最終ランナーのごと

人里まで降りきし熊の親子連れ飢えしのぎしや雪に変われり

鰤起し轟き師走を吹き荒るる音に昂ぶり夜をい寝られず

越中万葉かるた

平成二十九年

皇居にて拝謁の栄に浴したる松の間か歌会始めの始終を報ず

入選歌をのびやかに詠ずる講師《こうじ》のこえ野を渡る風のごとくに澄みて

野に手折り挿して待ちきと亡き妻を恋うる選者の吾亦紅の歌

入選せしひとりが喜び語りたり越中万葉かるたで遊びしことを

38回遂に越中万葉かるた大会最多数参加でギネスに載れり

長崎さるく

唐寺　興福寺・聖福寺

日本最古の石橋とある眼鏡橋　築造は興福寺僧如定と記す

興福寺の山門扁額「初登宝地」隠元禅師の御書と伝えて

長崎の「昼しづかなる唐寺…」と辿り読む茂吉歌碑　山門の内

茂吉が詠みしさるすべり何処か唐寺の睦月を白き山茶花盛る

黄檗禅宗の大雄宝殿を護るかに蘇鉄の巨木左右《さう》にてはだかる

訪う人も稀にて寒き御堂のなか供物に盛られし黄の仏手柑

古きより不老長寿の珍果とう仏手柑優雅な香を放ちおり

遠く来て隠元ゆかりの唐寺にゆくりなく喫す老師が点てし茶

聞き慣れぬ「さるく」の語意を訊ぬれば気儘な散歩かと老師は応う

砂糖足りぬはもてなし心の不足ぞと老師言いたり禅問答のごと

「お春あはれと鶯は鳴く」と詠みたりし勇の歌碑立つ聖福寺の庭

＊勇…吉井勇

あら日本《やまと》恋しやゆかしやと寄越したるジャガタラ文《ぶみ》はお春を顕たす

望郷の想いつづりしジャガタラ文お春のものは袱紗に書かれて

亀山社中跡

龍馬らがこの急坂道を登り降りせしか亀山社中までの石段

警戒心もちて棲めるかこの街の猫も龍馬か不意に隠るる

袴にブーツ履きし龍馬の立像が望むは東天　京《みやこ》か江戸か

右肩をやや怒らせて立つ龍馬初めてブーツを履きたる男

「五足の靴」遊歩の道を下りきてチャンポン麺を汗あえて喰う

天草・島原三万の乱ここに潰えしか原城址に石垣を僅かに遺す

追い詰められ民三万が屠られし天草原城の壕　刺草《いらくさ》が埋む

身を削ぎて荒れ野に立てる樹のごとし原城本丸址の十字架

能登の干しくちこ

生臭き香を奪いゆくしたたかの寒風に曝されおらむくちこは

幾たびか能登のくちこを贈りくれしきみありき雪降れば思えり

平城宮址ゆ出土木簡に墨書されしくちこなり君の能登特産の

君もまた能登の珍味とはばからず言いて酌みたるくちこ忘れず

波の花生《あ》れ継ぎちぎられ飛ぶさまをいのち凍えて見おり間垣に

北帰行

暁闇の葦叢にわかに騒ぎ立つ白鳥の北帰行始まるらしも

何に促されいるのか猛々し叫び合う葦叢陰の白鳥の群れ

水面蹴り一羽大きく羽ばたきて光の飛沫浴び軽々と翔つ

つぎつぎに飛び立つ鳥の音けわし迷うことなく従うさまに

北へ発つ鳥の羽ばたき凄まじきその負えるなべて振り払うかに

蛍烏賊の身投げ

新月の夜を身投げむと汀に寄る蛍烏賊か波間に瑠璃きらめかす

幽かなる蛍火逃さずたも網に掬えば一瞬抗いひかる

たもに掬いし獲物が泳ぐを覗き込む末の子を照らす懐中電灯

闇深き渚に波が運びきて置き忘れたるごと数多の蛍火

寄せてきし波が渚に残したる青く幽かな生命のまたたき

神宮参道

幽かなる音もしみらに踏みてゆく落葉潤めり霜置く参道

玉砂利を踏みて幾年詣でしか神宮参道ことしまた踏む

果実酒にせよと賜びたる花梨の実くりやに幾日甘き香の満つ

君が採りてくれし花梨のひとつぞと一つは漬けず卓に飾れり

駈けゆく少年

平成三十年

新雪にはしゃぎ蹴散らす猟犬に引きずられるよう駈けゆく少年

吹き溜まりの枯葉の山に降り積みし一夜さの雪けもの臥すごと

音もなく峡埋めてゆく歳暮れの雪見つつ柚子湯に身を沈めおり

逞しきアカンサス寒さ知らぬげに氷雨浴びつつ葉を光らする

採り残し雪に埋まりし畑の葱ここに在りとてすんすんと立つ

異常低空のヘリ危うきと見上げいる繋がれし犬と戌年のわれ

淡き日差しを追いて移せる鉢に咲くシクラメンの花風に震えて

暴風に嬲られ背高泡立草の黄の群落が悲鳴かさやぐ

この春は中学生の少年が書く「挑戦」の「戦」の字はみ出す

卍巴に降る雪

不意に意識薄れて深き眠りより覚めることなくきみは逝きしか

探求心旺盛にして仲間らと訪いし文学散歩の諸処思い出づ

彼岸花の朱に魅せられて訪ねしか新美南吉「ごんぎつね」の里

きみが浜木綿遂にこの地に咲かせしと告げし日のことわれは忘れず

霏霏として降る雪のなかへ発たんとす柩を卍巴に降る雪かき消す

倦むことなく万葉講座を受講せしひとりにて定位置に歌友と並び

仲間らと能登・信州・越前など巡りたる文学探訪・楽しき団欒《まどい》

ダイヤモンド婚近しと詠めるきみの歌わが閲しゆく校正ゲラに

豪雪のなかで

こだわりの狩衣着けし結弦いま氷上に陰陽師《おんみょうじ》安倍晴明と化す

フリーの演技終え繰り返したる雄叫びの胸突けり結弦が耐えし足首

けもの狙うハヤブサの目ぞ　ついに獲しスピードスケート小平の金

愚者山を移す喩えに似ているか来る日も来る日も雪掻き暮るる

深雪を掻き分け通学路を開けくれし若き日の父ふとも思えり

巣立つ

会議にてばっさり切らるるかも知れぬ案なれどコピー機軽やかに吐く

役立たずとさげすまれ立つ　電話・住所などが消されし分厚き名簿

三日離れていしパソコンの迷惑メール降る雪のごと積もりていたり

急に日差し明るみてきて縄張りし庭木々しきりに雪垂《しず》る音

少年の日に飼いいたるアンゴラのように山萌ゆ　卯月二上山《ふたがみ》

亡き妻に触れまいとして言い出せる友の切なさ　底冷えの街

氷山のごとき鋭角そばだつる劔岳《つるぎ》吹雪の一夜の過ぎて

婦負の野に遅き春きて暮れにつつ山裾靄の蒼きに溶けゆく

宇奈月黒部谿

黒部谿の遅き目覚めか雪解けの濁流飛び跳ね岩撃ち止まず

振り仰ぐ対岸の崖に消え残る雪　谿隈に埋まる汚れて

春いまだ届かぬ谿を縫うように見え隠れゆくトロッコ電車

息急きてトロッコ電車の軋みたり赤き山彦橋を渡るとき

若き日に近藤芳美も案内して泊まりし「錦水」閉じて久しも

雉子の雛

天より降る揚げ雲雀のこえ堕ちたるか一瞬静まる麦秋の畑

野の雉子の巣籠もる茂み残しありいずれ刈られて杭打たるるに

雉子の雛育て発ちたる茂みなどすでに忘れられ草繁みたり

酷暑終わらず

揚げ雲雀のこえ明るかり射水野の川沿い占めし田に麦の秋

支柱超えてなお伸び止まぬ豌豆蔓猛暑の空を摑まんとして

蠟燭の火を吹き消すがごと葉月また友逝かしめて酷暑終わらず

末期の痛苦誰のことかと思わせて祭壇生花の遺影の笑顔

烈日の日々過ぎて暑気緩めるか野朝顔の花藍深めたり

岩瀬浜から古き港町を歩く

裸足にて思い切り駆けたき衝動を抑え佇つ岩瀬の白き砂浜

越中の廻船問屋の雄たりし森家・馬場家に今日立ち寄らず

戸口脇に放り出されて置かれ在る森家北前船の錨錆びたり

歌枕の「いはせの」何処と争いし論あり諏訪社の千種の歌碑に
＊千種…千種有功

接待客幾たびとなく案内せし老舗料亭「松月」変わらず

誰彼の消息の多くはここに尽くわが送別宴も「松月」にして

長者丸にて太平洋を漂流せし米田屋次郎吉ゆかりの井戸涸る

鎖国の世に難破し五か月漂流せし次郎吉の叡智『蕃談』は記す

立秋酷暑

平成三十一年

触手伸ばすもまだ摑むほどの力なく微風に惑えるゴーヤの早苗

汗しつつ苦瓜食めと説きし君逝きて七年、吾はスムージーを飲む

金水引の花群抜けて来し三毛か朱き小花をつけて寄りくる

平成から令和へ

令和元年

梅花の宴の花びらのごと届きたる元号　平成終わる卯月の朔日

令色・令徳並べて「令」の字義按じみるテレビが報ずる新元号に

新元号の額を掲げて撮られいる子らの明るさに見ている未来

年号の発案者誰かと探索する記事過熱するを幾日か読む

その渦中にありて中西先生も温顔緩め「はて、どなたでしょうね」

熊出没騒動

熊出没の憂いはなきか山裾の家々たわわに柿を実らす

熊の出没恐れて実る柿の木を伐れとか老いには伐る術もなく

チェンソーに次々伐らるる庭の柿悲鳴あぐるは老いのみならず

空を舞う鳶見ていしや追い詰められ川に逃れし熊のゆくえを

芦峅の名熊撃ちと知られたる善人利《とし》さんの若き日のこと

短歌のこだまin宇奈月

時雨来る兆しか風の吹き荒れて逃げ惑いいる舗道の枯れ葉

荒みたる心癒して宮柊二この谿にきて幾日を過ごしし

宮夫妻の歌碑洗うかに深渓にしばしを時雨きらめきて過ぐ

紅葉落葉に埋もれて冬を迎えるか比翼の歌碑に淡き夕光

幾らかの酔いも加わる夜なべ談議鉄幹晶子語りて尽きず

川音か未だ明けぬ谿を吹き荒れる音か分かたず湯に浸りおり

年を越す

令和二年

捗らぬ校閲に疲れあけ放つ窓逃げるがに浮く後夜の月

軒下に並べ干さるる大根の暖冬ゆえか日に日に痩せゆく

取り返しつかぬ一語もひるがえし風が消しゆく師走の街路

初詣終えて帰れば塀越しに夜目にほのぼの唐梅ひらく

片虹といえども暫しを眺めゆく何か好転の兆しならんと

薄雪の上に転がる花梨の実いとしきものと一つを拾う

拾いきし花梨の実ひとつ卓に据え四周に甘き香りを満たす

気象異変

頼りなげに咲くといえども冬ざくら師走幾日散ることもなく

波に乗り漂いて幾日経しものか妖しや竜宮の遣いその名にも似ず

睦月積雪ゼロ不気味とも寒中を霙ともならぬ雨降り止まず

受験競争も通過点とは思えどもきみ灯す窓に荒れ止まぬ風

春に先駆け蠟梅、満作、黒文字といずれも黄金の小花を飾る

早春の淡きひかりに紛れざる黄の小花灯す葉に先立ちて
先駆けて咲くに黄の花多きこと故あると思いつつ解かずまた春

梅雨明けず

猛々しさ時に惹かるる夜の明けの春何番か収まらぬ荒れ

足形を貼りたる位置に立ちて待つレジ前従順な羊のように

惜しげなく髪刈らせおり長雨のなか潜りきて鬱払うかに

きらめきて振り払わるる髪の毛の音微かなりしろがねに似て

梅雨の晴れ間を風生れたるか鞦韆の独り遊びす　県営団地

泰山木から夏椿、木槿へと足早に咲くコロナに籠れば

二上の山裾深く靄込めて文月尽日梅雨まだ明けず

一九四五年、あの夏の日に

軍国主義抹殺せよと指示されて墨くろぐろと塗りいし教科書

幾月かかけてわれらがスコップもて掘りし防空壕も汗して埋めぬ

体育は校庭の防空壕を埋める作業　何日を掛かりしか今は覚えず

放課後を校庭隅で先生ら慌て燃やししは何だったのか

武具なども或いは埋めしか燃やししか燻り続けし校庭の隅

鬼畜などと罵り教えられし米兵を初めて身近に見たる驚き

いくさ終わり空洞のような夏空へ役立たぬ猛々しき蓖麻《ひま》のみ盛る

ホールインワン

川土手に沿うて背競べするように猫じゃらし白露の風と遊べる

傘寿こえ健康一途に通いつぐパークゴルフ　スコア気にせずに打つ

小さき丘視野に入れカップを狙い打つホール7番逆光のなか

無防備と責める目もなし河川敷の芝生にマスクを外し球打つ

この一打にと思い込めしに届かざり　カップを逸れて坂まろび落つ

ホールインワン久々に決めし歓声を鉄橋渡りゆく電車消しゆく

女男の峰今朝くきやかにきわだてり時雨か過ぎて越の二上山《ふたがみ》

弥勒山安居寺

雨あがる気配か土鳩の声すなりどどっぽっぽっぽ朝《あした》あかるむ

御手洗川を渡り参道の坂のぼりゆく昼なお昏し杉の木立は

正運もこの坂をまた上りしかと杉の巨木の影濃きを踏む

＊正運…宮永正運

虫食いし和綴じの歌集『山路の花』わが読み解きぬ宮永家にて

仁王門に懸け飾られし大草鞋　仁王像の背丈を遥かに超えて

鬱蒼とせる杉木立のなか仁王門の大草鞋一足新しくして

悲鳴ひとつ残して鳥に屠られし炎昼の惨　百蟬声呑む

木槿すでに白花掲げて咲き継ぐを仰ぎおり時の過ぐるも疾く

漁火のように散居の夕灯りほつほつ点る　父母亡きふるさと

時の盗人

台風の余波がこぼしてゆきたるか百日紅の花のレースを

誰に鳴らす警笛か軽し早暁の鉄橋渡りゆく空っぽ電車

背の高さススキ、アワダチせめぎ合う土手を駈けゆく朝のランナー

得体知れぬ底なし井戸を覗くごと時の盗人スマホは魔物

台風の逸れて朝の天心に月あり取り残されしように貼りつく

咲き終えていつか末枯れしアカンサス朽ちつつつも立つ師走風なか

雪風巻く　　令和三年

逞しくアカンサス大葉を広げおり雪来る前を妙に構えて

風を喰らい逃げ惑うかに舞い上がる欅枯れ葉に着地点無きか

この雪を払いもせずに被りいてアカンサス四尺の重みに埋まる

わが帰路を見失うなと焦りつつ車を飛ばす雪風巻《しま》くなか

暴風雪となりし暗闇駈けながら怯えおり轍のかき消さるるを

春めきて明るき苑に舞う雪の花散るに似てきらめく如月

春の響き

二上の山のマンサク咲きおらむ春立ちて風の頬に優しも

春駈けて来る響きとも雪解けの水側溝へしぶきて注ぐ

後ろ身にいつかきている老い言わず白菜漬ける重石に手を貸す

白菜を漬け終え仰ぎて絶句せり　劒岳いまアーベントロート

雪深き劒岳やがて燃え尽きて闇に没するまでを見ていき

雪に埋まりつつ咲きているは幾花か春まだ遠い越の蠟梅

凍て道を急がんとして転びたる不覚を電柱のカラス見下ろす

記録的大雪の中で

降り続き五日を経たり四尺の雪踏み分けてひねもす除雪す

常日頃声かける無きアパートの若きらも除雪す出勤前を

汗しつつ除雪していて触れ合える異国人とも親しくなれり

消されゆく前にと轍を頼り駆く暴風雪に翻弄されつつ

襲いかかる白魔か吹雪きて一夜さを覚めおり杳く吾を喚ぶこえ

雨宝院のあんず

春立ちてより再びの雪　枝折れを数多残して春また遠退く

大会も歌会も休止と決めて待つコロナ収束まだ先見えず

ひと待ちて咲くにはあらね独り居の夕べを杏子《あんず》は灯すごと咲く

犀星の愛せし杏子と想いおり雨宝院川縁の花期は過ぎしや

W坂越ゆれば寺、野田、平和町　君が住みいしは引き揚げ者の寮

幾度となくこころの飢えをも凌ぎたり温かき君が家族に包まれ

引き揚げの体験生かし小説を書きいし友か編集者として逝く

八月十五日、雨止みて

朝風に揉まれ嫋やかに揺れている吾亦紅の花穂むらさき深む

根競べするかに幾度も墓に点す火をまたも消す青田の風は

級友かと思わず声を掛けたるに振り向きし老い見覚えもなく

誰もかもマスクして墓前に跪き父祖に禱れり想い届くや

墓地に立ち西向けば鎮守と医王山　少年の日の視野と変わらぬ

吾亦紅

花かかげ嫋やかに伸びし吾亦紅あしたの風に揺らぎ艶めく

控え目と言えども色の深まれば吾亦紅の紅紛れもあらず

結局は誰が筋書き描きしか政変終わることなきドラマ

不審電話つづけば優しく応えさす　留守です、旅です、行方も知れず

庭に移植して幾とせか吾亦紅きみへの想い深める花色

生き延びてありし強さに吾亦紅荒草の中に紛れず抜き出て

きらめきて襲うごと降る白雨さえやり過ごし細ほそと立つ吾亦紅

急に冷えし風渡るなかの吾亦紅　今朝は語らず微動だにせず

しぐれ幾度かきて末枯れたる吾亦紅風立つ中に小揺らぎもせず

紫蘇の花降らせ過ぎたる俄か雨その水たまりに来ている鶺鴒

吾亦紅のつぼみよと優しく教わりしかの杳き日の夏を忘れず

黙すのみに一日は過ぎて吾亦紅いち早く夕闇に溶けてゆきたり

鄙ぶ釣り宿

令和四年

若きらに誘われ今年も集いたり庄川、鮎の郷食い放題の

庄川のほとりの鄙ぶ釣り宿と嘉一が詠みしは宮崎老の家

＊嘉一…筏井嘉一

鮎と話ができる漁師と誰が言いし囲炉裏に尽きぬ彼らの談議

時折の風に揺らぎて直ぐ立てる庭隈の吾亦紅の小さき珠花

吾亦紅夜明け秘かに陽を弾き玉のようなる露をこぼせり

庭草の昏きに紛れて夕映えに溶けてゆくなり痩せ吾亦紅

大仰に声上げるなく過ぎたるか師走末枯れて吾亦紅立つ

米寿ひととせ

ながく生きてきしこと親族に祝われて黄なるミモザの花束抱く

米寿祝いに止め刺すごと思いがけぬ会より筒入り賀詞を贈らる

米寿祝ぎ友が持ち来し長生蘭ひと冬越えて花芽ふくらむ

誰彼と逢えば自ずと称え合うよろこび米寿の一年は過ぐ

内灘・風と砂の館にて

休講につぐ休講にわれらみな電車に乗り込む雪崩れ込むごと

鉄板道路に座り込む学生集団に銃構え立つ若き米兵

連日の内灘通いに昂ぶるに学長通達あり「授業に戻れ」と

「金は一年土地は万年」デモ行進の先頭に立ちしそのむしろ旗

砂丘に藁ぶきの団結小屋ひとつ死守せんと籠る村の若きら

肩組みて革命歌うたえば自ずから基地闘争への力湧きくる

座り込む村人数多も無視をして試射弾遂に発射されたり

鉄板道路に押しつぶされし小判草　穂の震えおり着弾のたび

砂丘の広がりを誰もが目に追えり試射着弾地点は権現の森

基地闘争を鼓舞し続けし一冊の歌集『内灘』揚げひばりの歌

「基地反対」と叫びつつジクザクデモつづく誰の額にもひかる玉の汗

デモ行進の女子学生の中にいる陽に灼けし君のかがやく額

基地許すな植民地化さすな土地返せ　怯まず折れず叫ぶ必死に

試射場の暴挙粉砕と肩組めば君もまた同志　声嗄るるとも

銃もてる若き米兵と対峙して怯える心抑えつつ座す

ニセアカシアの花咲き盛る防風林かの闘いの記憶に重なる

若き日の友かと紛う　館内にナップザックを背に青年ひとり

基地反対闘争のメッカとなりし試射着弾地内灘・権現の森

試射場跡と思しき砂丘地は広き住宅団地初夏の陽が射す

基地闘争の記憶打ち消し内灘の長浜に沿う明るき住宅団地

今は亡き友の誰彼忘れ得ぬ日々甦らせて残照に佇つ

闘争の記憶打ち消し内灘は公園・大学・住宅団地

キチキチと葭切の鳴く川の辺を来て行き合えり散歩の一人と

海と潟に挟まれし漁村内灘は恋人の聖地となれり七十年経て

内灘砂丘

春と言えひた寄す波濤の荒ぶるを聞きおり宿に独り目覚めて

芽吹く前のニセアカシアの疎林抜け辿れば今も変わらぬ砂浜

誰も彼も知ること無けむ遠き日に辛き思いを捨てにきしこと

試射場と知る人もなしアカシアの疎林抜ければその先の浜

米軍試射場の跡と覚しき砂浜を占めて小判草群らがり咲けり

基地闘争の激しきひとつ終日を砂浜に座り込み声上げつづき

砂丘に敷かれし鉄板の道踏みしめて通いしは幾日デモに加わり

声嗄らすまで歌いたる闘争歌に君も和したり優しきままに

莚旗立ててわが村死守せんと闘える老若の日焼けせし貌

豪快な「砂丘死守」の莚旗によりて座り込むひとつ心に

「砂丘死守」と墨ふとぶとと書かれたる莚旗顕つ学友もまた

終戦七十七年

飢餓地獄を見てきし叔父か怖れつつ聴かず語らすこともなく逝く

人肉を喰らいし悲惨も詠まれたる戦争詠あり虚辞とは思わず

退路断たれ兵糧尽きて密林を彷徨える兵あり誰何《すいか》して目醒む

捨石となりて死せるは本望と記せし多くは若人にして

肌身離さず『歎異抄』持ちしと君は記す特攻基地を飛び立つ時も

クーデター未遂も克明に記されて心凍る『日本のいちばん長い日』

大空襲の火炎地獄をもみ消すや闇震わせて咲きつぐ花火

山本五十六記念館にて

令和五年

搭乗機の左翼無惨にちぎれ遺る　死して神となりたる五十六

五十六の遺せし青き手帳に記す越後武人の魂抱き散ると

窮余の策として練られたる真珠湾の奇襲　ハルノートの拒絶

雄渾な書あまた見終え五十六が愛せし唐楓の彩づくに逢う

遠き戦の記憶よみがえらせ八月の花火の夜再現す長岡空襲

冬の孔雀と軍神

人気なき動物園の冬真昼　孔雀ピョータン呼べば寄りくる

重たげに羽閉じている孔雀五羽雪の園にて寡黙に佇つも

毅然たる孤高の一羽に越後びと軍神山本五十六の顕つ

長官の巡視予定通りなり「待ち伏せて撃て」電、解読できず

長文の巡視予定の㊙電傍受、解読されしと知らず火に入る

孔雀にも擬せられし長官の搭乗機その迎撃に群がるハゲタカ

梅花の宴に

別れとは切なきものぞ高志の国文学館館長辞任のニュース

師を送る宴となるか高志の苑の梅未だ咲かずば風花よ舞え

師と仰ぎし長き歳月甦るこの宴果てなば春遠退くか

師が主宰せし高志の国の文芸サロン再び甦ることはあるまじ

国際児童年にふるさと理解にと選ぶ越中ゆかりの万葉歌百首

春に発ちゆく

同年の知友三人を逝かしめしこの三、四月　花も見ず過ぐ

健やかに春野の漫歩を愉しむと聞きいし半夏その季を待たず

＊半夏…江沼半夏

若き日に幾度も企て潰えたるたびに研正をわが頼りとす

＊研正…廣明研正

孫《うまご》らを泣かせて供花に埋まりたる姉の姿をこころにとどむ

華やぎて舞うなき一期　遅れ咲く花幾ひらを風さらいゆく

梅雨の空に

今朝また続く空見上ぐ戦争がそこまで来て　再びの夏

和平への出口遠退くばかりなりフェイク・ニュースを攪拌する奴

大本営発表を信じて疑わぬわれも銃後の少年にして

暗号の解読戦にも大いなる遅れをとれりと記せる論あり

特攻機尽きて生還せし兄も逝きたり東都コロナ禍のなか

天漢の星と仰ぐに梅雨の空昭和一桁の君また隠す

枕元のノートに残せし妻宛てのことばか乱れて読めず結句が

「永訣の朝」に寄す

逝かんとする妹のため霙のなか採りてきて与えし二碗の雪

朗読する女生徒のこえ　兄妹の声となりみぞるる天にとどかむ

絶句してその先読めず嗚咽せし女生徒のあり「永訣の朝」

第Ⅱ章

丘の上の柏樹

平成二十四年

北海道入植三代目に嫁ぎし叔母中島ときわ、勇払郡に住み農事に専念せし傍ら、「原始林」に入会、中山周三主宰に師事して平成二年、歌集『柏の木』を編む
同二十四年三月二十七日、九十五歳にて逝く

訃報来る

北の大地に生涯終えし叔母のことを讃えておらむ丘の柏樹

電灯も未だ灯さぬ開拓地の農家へ嫁ぎし叔母十八にして

明治二十三年と記す　叔母の祖父が勇払の原野を初めて拓くと

鵡川なる川面くろぐろと遡る柳葉のごとシシャモの群れは

鈴鳴らす馬橇を追いて夫と共に汗して客土作業なせしと

若き日に

二十歳《はたち》のわが無謀が為せしヒッチハイク　這う這うたどり着きしは深夜

叔母家族に甘えて過ごせし幾日か　稚内・網走辿りての後

見ゆる限りの大地拓かれデントコーン短き夏の風にきらめく

叔母が親族《うから》と植えしや北の丘ひとつ埋めて広がるビートの畑

甜菜の畑に並びて馬鈴薯の花白し丘を越えて続けり

夫が名うての競走馬育てたることもさりげなく語りて叔母若かりき

オンコとて庭に座を占め在りし樹の巨き一位のその後は聞かず

手握りて離さざる別れと詠まれあり故郷に老いしわが母訪いて

最後の帰郷

十勝名馬を育てし亡夫や子らのこと誇るなく楽しげに語りて尽きず

真冬日の四十日も続けるを事も無げに語るしばれる、いい、と言い

開拓移民の苦難の暮らし思えども叔母の陽気はそれを吹き消す

ふるさとを訪うも最後と言いしとき八十五の叔母の愁いなき顔

農を貫き老いて短歌を詠みし叔母　朝《あした》に倒れ癒えずして逝くと

叔母享年九十五と知る　幾十度掛け来し電話の声若かりしに

叔母の葬りの始終を妹らに聞きにつつさびしも四月　道東の雪

喜雨やがて鬼雨

平成二十六年

妹の新盆

旱天の日本列島を冷やすかに妹の新盆　喜雨やがて鬼雨

姉に次ぎ妹見送りし新盆を天が号泣するような雨

自己呵責に経し幾日か妹の墓地訪うに豪雨は医王山《ようぜん》隠す

医王山の豊けき姿かき消してゲリラ雨西よりつぎつぎ襲う

残暑叩く雨　せめてもと新盆の妹に丹精の供花溢れさす

幾たびも点けて消さるる墓の火に悔い深し雨を風を恨めず

容赦なく吹き上げて降る雨に墓洗われておりわがうつしみも

この世儚く殊に思いて新盆の汝が墓前にずぶ濡れて佇つ

わがはらから育みくれし砺波野と思えど憎し今日の風雨は

幼馴染みの誰にも会わぬを良しとして産土の地の川ふたつ越ゆ

その訃報

返信のメール待ちいし愚かさへの痛撃となる危篤知らすこえ

追いかけて妹の死を知らさるる青田なか病院へひた駆けりいて

不条理とも朝の暑さの兆すなか青田渡りくる郭公のこえ

長子逝かせ嵩小さく老いづく妹を奪いし唐突な死を肯えず

ひそやかに増殖していし病魔のこと誰も気付かずいつと思わず
われを頼みとせし妹の決断を容れて無力なりしことの悔しも
忘れむとしてまた思いおり勧めたる抗癌治療可なりしか否かと

後の日に

遠花火靄の彼方に爆ぜていてその音散居の野を越えてくる

亡き妹が花待ちていし夏つばき七七忌すでに花期過ぎ閑か

妹の慈しみ育てし草花の鉢棚忘れずに花つけており

妹が逝きしあしたを憶わせて今朝も間遠に啼きいる郭公

丹精の瓜など苞に訪ね来し妹を夢に見つ　立葵咲く

はらからと健やかにして巡りしは国上・出雲崎、良寛の里

病抱えているかに痩せしと気遣える友が一言棘となる　夏

妹が蒔きし胡瓜も暑き日を宙探りつつ蔓伸ばしいむ

あの夏の記憶　知覧へ

平成三十年

特攻平和会館

広き会場埋めて飾れる飛行兵のあどけなき顔と健気なる遺書

血の色に焼けし西海の空目指し征きて帰らぬ兵らあまりに若き

傷負いし戦闘機「疾風《はやて》」飾らるる　見入る媼らもただ無言にて

傷負いし「疾風」の前を離れざる媼の背後に顕つ軍帽の兄

軍神とはならず還りし兄の苦悩また思う知覧の三角兵舎に

ホタル館

検閲を経ず親許へ届きたるホタル館の手紙に赤心を読む

勝ち目なきいくさ無益な爆死ぞと煩悶せし文　届くは散華後

敗戦後を

毛布など背負いて密かに帰宅せし兄の背いかに重たかりしか

帰還せし兄別人のごと荒みたり兄に棲みつきし鬼遣らいたき

生還を屈辱として慚愧の念ながく兄の心を苛みいしか

荒鷲を夢見て潰えし兄が独り籠もりて飼いたるはもの言わぬ鷽《うそ》

兄が生きて還りし後の七十年うたかたか吾にはまた巡る夏

令和二年

初夏の陽

令和二年四月十二日、次兄逝く

コロナ禍のなかを逝きたる次兄のこと嗚咽とともに姪は告げたり

父の齢に届かずとも卒寿をようやくに一つ越えしと安堵しいしに

病み臥して力尽きしかコロナ禍で誰も見舞えず最期も看取れず

八王子の施設に妻らと見舞いしとき喜々語りしは故郷のこと

兄退職の日の感慨を一句記す『続ちょっぺ噺』今をひもとく

＊教育エッセイ集　句は「春冷えや着なれし鎧白衣脱ぐ」哲二

とおい夏　仏壇掃除で偶然に母が見つけし一通の遺書

十七で征きし次兄の覚悟と知る　遺書に添え包まれし髪の毛と爪

志願して予科練習生となりし次兄が生きて還りし暑き夜忘れず

軍神とはならず帰郷せし十八の次兄の狂気に怯えいしはらから

『続ちょっぺ噺』には戦中の狂気など次兄は一語も記さず

分家の倅が上の学校かと揶揄もされ上京したる次兄　敗戦二年目

第Ⅲ章

早春のフランスへ

平成二十六年三月

パリまでの飛行二時間を切りしとき八時間遅らせ時差修正す

間もなくパリとのアナウンスに見えてきし大地真白し三月の雪

降下してゆきつつ視野に広がれる雪に埋まりしド・ゴール空港

冷え冷えと早春の風吹き渡るヴェルサイユ宮殿への緩き広坂

真昼間をボヘミヤン・グラスのシャンデリヤ数多灯せり鏡の回廊

夫追いてシベリア鉄道を運ばれし晶子烈しも五月のパリの

夫追いて大陸縦断せし晶子　見飽かずやセーヌの烈しき流れ

子ら置きて遙かなる旅終えし晶子を迎えたる寛　柳絮舞う朝

ことば通ぜぬ不安七分に拾いたるタクシー陽気なニグロの青年

行く先を理解したるらしＯＫ！とにっこり言いてドア開けくるる

寛と晶子こころはずませ歩みしか雛罌粟の咲く五月は遠し

鉄幹を追いて晶子が辿りたるシベリア横断の旅　往けども原野

三千里の旅終え夫が出迎えしパリの北駅に柳絮は舞うと

夫と共に知友洋画家柳洲が出迎えしとぞ晶子のよろこび

＊柳洲…徳永柳洲

地下鉄にて掏摸グループに囲まれしわが連れパリの真昼の恐怖

熟練の掏摸といえども囲みたる長身それぞれの顔幼かり

ノルマンディの田舎町過ぎ緩やかな丘幾つこえ越えても牧場

十年余経てわれも来つ友が旅の絵葉書の中のモン・サン・ミッシェル

尖塔への坂登りゆく列のわれもやがてはひとつの点とならむか

西海に沈む夕陽の燃え尽きるまでしばらくを見届けており

驟雨襲いたるプラタナスの並木路　肩抱き合える若きが動かず

ドラマのシーン見ている思いに傍らを駆け過ぐ驟雨にも解かぬ抱擁

ここのみは鎮もれる朝の光満つ　モネに逢いたくて来し美術館

モネ八十六、手直し続けて逝きしとう「睡蓮」水面に漂うむらさき

馴染みの像・絵画のいくつ一時間余を案内されつつ満たされずに属《つ》く

群盲が巨象を撫でし謂いに似て覚束な　ルーブル美術館に来て

革命広場に聳えて立てる方尖塔《オベリスク》その先小さくエッフェル塔見ゆ

デパートにて誰彼思い家苞にと品を選る妻疲れを知らぬ

思い残すことのみ多し春めけるパリの街路に別れ難く佇つ

ミラノ　大アーケード〈ガレリア〉　平成二十九年六月

ナポリ・カプリ島（青の洞窟）

深き闇のなかの海面はこの世ならぬ神秘な瑠璃紺色に輝く

この世ならぬ青きひかりの天空を漂うようなひとときを航く

脳天を痺れさす響き　船頭らの唄ごえ洞窟にたかまる反響

船頭の唄うはナポリ民謡か洞にこだまし唄の坩堝と化せり

ゲーテが「楽園」と讃えしナポリいまブーゲンビレアの花咲き盛る

手風琴の弾き語りに聞くカンツオーネ　ローマに来て二日目の宵

想い込めて「私の太陽《オーソレミオ》」を唄いくるる男性歌手に今宵は酔えり

サンタルチア、フニクラフニクラ口遊《くちずさ》み愉しもわれら共に歌いて

コロッセオと縄文土器

宇宙人が遺せし器かと見えて円形闘技場《コロッセオ》ありネロ皇帝庭園の前

振り仰ぐ巨大廃墟の壁ばかり熱き陽を呑みて鎮まるコロッセオ

コロッセオの三階柱頭に彫られたるアカンサスの葉の彫刻仰げど見えず

観衆五万の娯楽などとは信じ難し残虐な処刑・死闘の血吸いし闘技場《アリーナ》

廃墟とはいえコロッセオ　真夏日の死闘に大観衆の声の沸き立つ

振り返り遥か望めばコロッセオは縄文土器　周囲に蝟集する群衆も消え

ピサの斜塔

ジェット機雲高く過れる夏空に真白き斜塔かがやきて立つ

西安の大雁塔の傾きに似て危ぶめり狭き螺旋階段

大理石の石段の踏まれ凹みしを一段一段数えつつ上る

無念無想ひたすら数えて二百段　汗あえてノンガスの水わかち飲む

窓近く鷗か漂うように舞うを見おればあと五十段ぞと励ましの声

あと五十段と聞きてより段を数え忘る　遅れがちなる連れ待ちにつつ

最上階に共に登りしと誰に告げん　見下ろす芝生広場に人、蟻のごと

打ち鳴らさるる使命終わりし鐘五つ最上階に置かれて狭し

学位得るまで斜塔に絶対上らぬとピサ大生は誓いて学ぶと

背伸びしつつ「悪魔の爪痕」なぞりいる何処にも夢多き少女らのいて

ドゥカーレ宮殿

サン・マルコ広場の一角整然とカフェ・フローリアンの白き卓立つ

ゲーテやバイロンも常連なりしとか老舗カフェテラス席真夏日が焼く

陽に焼けし男らが立ち見張りする海浜広場のブランド・ショップ

身振り手ぶり高岡弁さえそれなりに通じてヴェネチアの買い物終えぬ

ヴェネチアからミラノへ

ヴェローナの街を過ぐるか　耳かすめ恋する乙女のロミオ呼ぶ声

ジュリエットの家思わせて古き家の二階バルコニーあり花を咲かせて

夾竹桃の花の盛れる街路来てまだ六月のミラノも暑し

ギリシア建築の彫刻モチーフ、アカンサスの葉模様求め来て遂に出逢いぬ

生命張るモチーフとしてアカンサスの葉の彫刻多しミラノは

大聖堂の尖塔頂上に立ちませる黄金のマリヤ像に真夏のひかり

奇跡の広場にて

緑葉に包める高層のビル並ぶ　地球にやさしき未来都市の貌

ミラノ・最後の晩餐

旅の終わり近づく予感　サンタ・マリア教会旧修道院に黙して入る

大戦に被爆し潰れるダ・ビンチの「最後の晩餐」薄明のなか

咲き登り塀越え猛々しく伸び止まぬアカンサスの葉に漲る生命

咲き終えていつか末枯れしアカンサス朽ちたり種子ひとつ残さず

ロシア秋冷の旅　北の渚

平成三十年九月

メルヘンの国《サンクトペテルブルク》へいきなり降り立ちし思いにて仰ぐクローヴィ聖堂

血の上の教会とあり慎みて祈れば冷えびえと風通り過ぐ

農奴解放為せしアレクサンドル二世暗殺されその地に三世が建てし聖堂

『罪と罰』執筆したるアパートありと聞きて俄かに信じ難しも

バス停にラスコーリニコフ、ドストエフスカヤあり　バス素通りす

店に並ぶ入れ子人形マトリョーシカの瞳かわゆし捉えて離さぬ

エルミタージュほか

人工都市とまで謳われて遺りたるサンクトペテルブルグ　美しき街

勝利記念の巨大円柱塔を心棒にして広し宮殿広場

ロマノフ朝の栄華を伝えて宮殿のいま誇る世界のエルミタージュとして

何か忘れ物していくような思いもてガイドの速足憎み従きゆく

美貌の妻に言い寄りし男の銃弾に倒れしプーシキンの記念碑尖る

夕闇が迫るなか決闘の銃弾を浴びしとぞプーシキン三十七歳の死

北の渚

急変し風雨に打たれてすくみおりフィンランド湾の渚波うつ

襲いかかる驟雨を避けて逃げ込める樹下《こした》小栗鼠もすでに逃げきて

俄か雨が北の渚をしたたかに打ちて過ぎるを見おり術なく

この国に捕らわれて極寒を耐えし叔父寡黙に生きて十三回忌過ぐ

叔父は常に怒りてついに語らざり極寒の地の強制収容所《ラーゲリ》のこと

民族舞踊ショー

夕食の宴《うたげ》の懐かしき民謡ショー　ともしび、トロイカ、カチューシャの歌

忘れ得ぬロシア民謡の数々によみがえる若き日のかの喫茶店

あれがわが青春だったか貧しくも熱く友らと歌いしトロイカ

肩組みて共に歌いきアコーディオンに合わせロシア民謡また反戦歌

モスクワ／コルホーズあと

モスクワへの車窓にしばらく見えていし荒野即ち集団農場《コルホーズ》あと

放棄されし農地か曠野　スターリン時代のコルホーズいま見る影もなく

茫々と荒野は尽きず　この国が推し進めたる集団農場《コルホーズ》の果て

曠野のなか草に覆われし廃屋と見しも農家か朽ちつつ埋もれて

同形のビルのアパートの閉ざす窓住みたる市民の暮らしの見えず

不愛想に立ちいし女の店員に「スパスィバー《ありがとう》」一語初めて試す

「スパスィバー？」鸚鵡返しに大声で言って笑えりその女店員

解説

志垣澄幸

米田憲三さんとはかつて斎藤史先生の「原型」に所属していて、ともに歌を学びつつ切磋琢磨してきた仲間である。とくに米田さんは私と同じく戦後の貧しい時代を体験された一人であり、同時代を生きてきたものとして共感できるところが多い歌人である。米田さんは若い頃から完成度の高い歌を作っていたが、本書にも同様に秀れた作品が多く並んでいる。北陸の風土、歴史的に由緒ある土地や、国内外への旅行詠、さらに身内のことなど歌材も幅広く自在に詠まれている。

泥に埋まる穂一穂ずつ起こしいし父母の顕つ水漬く稲田に
濁流が橋を呑まむとするさまを幾度も報ず真昼のテレビは
あかときを露天の湯ふかく浸りいて見たり対岸を伝いゆく猿
泡立ちて流るる黒部の渓深くときおり岩か転がる音す
降り続き五日を経たり四尺の雪踏み分けてひねもす除雪す
深雪を掻き分け通学路を開けくれし若き日の父ふとも思えり
音もなく峡埋めてゆく歳暮れの雪見つつ柚子湯に身を沈めおり

こうした秀歌をとりあげることはいともたやすいが、そうした中でもとりわけ身内を詠んだ一連の歌は力がこもっており、活きいきと描かれていて魅力的である。とくに次兄を詠んだ一連は印象に残った。

志願して予科練習生となりし次兄が生きて還りし暑き夜忘れず
十七で征きし次兄の覚悟と知る　遺書に添え包まれし髪の毛と爪
軍神とはならず帰郷せし十八の次兄の狂気に怯えいしはらから
軍神とはならず還りし兄の苦悩また思う知覧の三角兵舎に
荒鷲を夢見て潰えし兄が独り籠もりて飼いたるはもの言わぬ鷽《うそ》
コロナ禍のなかを逝きたる次兄のこと嗚咽とともに姪は告げたり

十七歳で出征した次兄が遺書の中に髪の毛と爪を遺品として残していた。次兄は死を覚悟して出征したのだが、軍神とはなれずに還ってきたのである。軍神になれなかった次兄の苦悩と屈辱の思いはその後の人生にも大きな影を落としていくのだ。戦時に生まれ育った者にしか、そうした思いは理解できないであろう。

国のために若者がいのちを捧げるという思想を国家が育む恐い時代であった。苦しんだ次兄もやがて齢重ねてコロナ禍の中で亡くなった。そうした次兄の無念さが作品からじんわりと伝わってくるのだ。
作者はまた自身よりも早く妹を亡くしてしまう。

姉に次ぎ妹見送りし新盆を天が号泣するような雨
残暑叩く雨　せめてもと新盆の妹に丹精の供花溢れさす
長子逝かせ嵩小さく老いづく妹を奪いし唐突な死を肯えず
追いかけて妹の死を知らさるる青田なか病院へひた駆けりいて
ひそやかに増殖していし病魔のこと誰も気付かずいつと思わず
われを頼みとせし妹の決断を容れて無力なりしことの悔しも
妹の慈しみ育てし草花の鉢棚忘れずに花つけており

長子を逝かせて悲しんでいる妹を今度は癌が襲いいのちを奪った。その突然の死、たれも気付かずに進行していった癌、妹の死に対して自らの無力を悔いて作者は深く悲しむのである。妹を思う作者のやさしさがにじみでていてあわれである。

また叔母の一連がある。

電灯も未だ灯さぬ開拓地の農家へ嫁ぎし叔母十八にして
鵡川なる川面くろぐろと遡る柳葉のごとシシャモの群れは
二十歳《はたち》のわが無謀が為せしヒッチハイク　這う這うたどり着きしは深夜
叔母家族に甘えて過ごせし幾日か　稚内・網走辿りての後
叔母が親族《うから》と植えしや北の丘ひとつ埋めて広がるビートの畑
夫が名うての競走馬育てたることもさりげなく語りて叔母若かりき
手握りて離さざる別れと詠まれあり故郷に老いしわが母訪いて

北海道の開拓地の農家に十八で嫁いだ叔母の生活を詠んでいる。叔母は農作業のかたわら短歌を作った。「原始林」に入会。中山周三に師事したという。作者が若い頃に叔母の家におじゃましたことや、故郷の母を訪ねた叔母が別れを惜しんで手を離さなかった様子を歌に詠んでいるが、叔母の姿がほうふつとしてくる一連である。このように次兄のことや妹のこと、さらに叔母との思い出など物語りのようにいきいきととらえている。

巻末近くにはフランス、ロシアへの旅の一連がある。

モネ八十六、手直し続けて逝きしとう「睡蓮」水面に漂うむらさき
ここのみは鎮もれる朝の光満つ　モネに逢いたくて来し美術館
手風琴の弾き語りに聞くカンツォーネ　ローマに来て二日目の宵
身振り手ぶり高岡弁さえそれなりに通じてヴェネチアの買い物終えぬ
デパートにて誰彼思い家苞にと品を選る妻疲れを知らぬ
『罪と罰』執筆したるアパートありと聞きて俄かに信じ難しも
メルヘンの国へいきなり降り立ちし思いにて仰ぐクローヴィ聖堂
叔父は常に怒りてついに語らざり極寒の地の強制収容所《ラーゲリ》のこと
この国に捕らわれて極寒を耐えし叔父寡黙に生きて十三回忌過ぐ

モネに会いたくてやってきた美術館、ローマにて手風琴の弾き語りに聞くカンツォーネ、また買物も旅のひとつの楽しみ。買物で品を選ぶたくましい妻の姿もよまれている。ロシアへの旅でもクローヴィ聖堂をみてメルヘンの国に降りたったようだという。そして『罪と罰』を執筆したアパートがまだ残っていることに驚く。だが、ロシアには抑留され強制収容所に送られた叔父の記憶がある。こうした旅の中にも戦争のかげがついてまわる。叔父だけでなく、先にあげた次兄もまた戦争の犠牲者である。そうした時代を生きてきた作者にとってその暗い記憶を消すことはできない。

だが本書には、そうした時代を懸命に生きてきた作者の歴史がある。時代と対峙しつつその中に生まれいづる哀歓を詩情豊かにうたいあげている。それらの歌は読者にとって存分に納得できるし共感できるものである。多くの人にぜひお勧めしたい一冊である。

あとがき

第四歌集『風を抱く』をここに、お届けいたします。

第三歌集『ロシナンテの耳』を平成十七年に出版して以来、二十年。気が付くと、昭和九年生まれですから、私は卒寿の年齢となっていました。時間の経過を作品は語ってくれているようです。

この第四歌集は、平成十八年以降の作品を再構成して、一冊にまとめたものです。お読みいただき、私の意図が伝わるのであれば幸いです。

実は、昨年七月十四日の夜、突然意識不明で倒れ、緊急入院し診察の結果、脳梗塞とわかり、すぐに三時間の手術を受けました。その後二か月入院し治療をしましたが、後遺症が残り、右手、右足不自由の闘いとなりました。

現在、機能回復訓練の「きたえルーム」に一日おきに通って治療に励んでおります。そのなかから、生きているうちに歌集を出したらと励まされ、決心をしました。生きていく力の何かになるのではないかと考えたからです。

原型富山歌人会代表の仲井真理子さんはじめ、短歌時代社主宰の上田洋一様の援助を受け、作品の整理、出版社との連絡、校正など助けられての出版となりました。それもひとえに、これまで短歌を通してお世話になった富山県歌人連盟、短歌時代社、福野短歌会、さわらび短歌会、北日本歌壇の集い、原型富山歌人会などの方々のお力添えと励ましによるものです。心よりお礼を申し上げます。

何とぞお読みいただき、ご批評を賜りたく存じます。

出版にあたり、原型歌人会で同じ時代を過ごした志垣澄幸様より心のこもった解説をいただきました。また青磁社の永田淳様には細部にわたり大変お世話になりました。ありがとうございます。

終わりに、この間ずっと見守り支えてくれた家族に感謝を伝えたいと思います。

令和六年七月七日

米田　憲三

著者略歴

米田 憲三（よねだ けんぞう）

1934年、富山県南砺市福野町生まれ。
1956年より富山県内公立高校などに勤務。
1990年、高岡女子高校校長。1992年、砺波高校校長。
1994年より富山県立立山博物館館長、高岡市万葉歴史館研究員、
　　高岡市生涯学習センター所長。
1960年「短歌時代」入会。1963年「原型」入会。
1990年～2023年「原型富山」代表。
2008年～2014年　富山県歌人連盟会長。
2023年、富山県芸術文化協会功労表彰。

〈著作〉
歌集『海蝕』（1968）、『波と浮標と』（1980）、『ロシナンテの耳』（2005）
エッセイ集『風の落とし文』（2004）

現住所
〒933-0047 富山県高岡市東中川町9-15

歌集　風を抱《いだ》く

初版発行日　二〇二四年七月七日
著　者　米田憲三
定　価　二八〇〇円
発行者　永田　淳
発行所　青磁社
京都市北区上賀茂豊田町四〇―一（〒六〇三―八〇四五）
電話　〇七五―七〇五―二八三八
振替　〇〇九四〇―二―一二四二二四
http://seijisya.com

題　字　仲井真理子
装　幀　濱崎実幸
印刷・製本　創栄図書印刷

ISBN978-4-86198-597-3 C0092 ¥2800E